AF231767

MESSIRE CHATELET

ET

L'HONORABLE DAME

SAMARITAINE.

VAUDEVILLE

ENTRE LA SAMARITAINE ET LE CHATELET,

CONTENANT

Des Complaintes et autres choses très-
curieuses, relatives à leurs amours.

PARIS,

Chez STAHL, Libraire, rue Saint-Jacques,
N.° 38.

MESSIRE CHÂTELET,

ET L'HONORABLE DAME
SAMARITAINE.

MESSIRE CHATELET avait soupiré toute sa vie pour la dame SAMARITAINE, qui, toujours en face du Bon-Dieu, avait fait semblant de ne pas s'en apercevoir; mais au moment de perdre tous deux le jour, par un de ces événemens qu'aucune prudence humaine n'aurait pu prévoir, il crut devoir s'expliquer d'une manière positive, et découvrir une flamme qui ne pouvait manquer de bientôt s'éteindre; il le fit avec d'autant plus de confiance qu'il voyait sa voisine désolée

de sa catastrophe, et que le malheur
rend toujours plus sensible ; enfin, sou-
levant la tête du milieu des décombres
de son antique forteresse que César avait
fait construire, il se tourna vers la Samaritaine qui chantait alors la complainte
suivante :

Air : *Tircis est mort*,
ou *Je suis anachorette*.

De la Samaritaine
Plaignez le triste sort,
Vous qui sentez la peine
Que nous cause la mort ;
Deux siècles de service,
Tant la nuit que le jour ,
Par le dernier supplice
Sont payés de retour. :

Pleurez, nobles artistes ,
Voisins de mes foyers,
Laissez aux journalistes
Vos brosses à souliers ;

Laissez-là vos liasses,
Grippes-sous du Palais,
Et que vos paperasses
Se couvrent de cyprès:

Objet de ma tendresse,
Bon peuple de Paris,
Que j'abreuvai sans cesse
Du nectar de mon puits,
Allez à l'aventure,
Faites aux Porcherons,
De ma déconfiture
Rire les vignerons.

Déplorez ma conduite,
Fillettes de quinze ans,
Ici, comme un ermite,
Je passai mal mon tems;
Je crus être plus sage
Ne buvant que de l'eau;
Vous, plutôt du bel âge
Buvez le vin nouveau.

Dans ma triste demeure,
Longtems j'ai fait du bruit,

Pour annoncer chaque heure
Du jour et de la nuit ;
Mais vous, de vos musettes
Tirez un plus beau son,
Sans user les sonnettes
De votre carillon.

Sentant sa fin prochaine,
C'était dans ces couplets,
Que la Samaritaine
Exprimait ses regrets ;
Les passans, pour l'entendre,
Restaient sur le trottoir,
L'artiste le moins tendre
Pleurait sans le vouloir.

M. Châtelet ne put s'empêcher de verser aussi quelques larmes sur le sort de son amie ; mais recueillant tout son courage, il se décide enfin à l'apostropher en ces termes :

Air du Haut en bas.

Du haut en bas
Dans la chute qui nous entraîne,
Du haut en bas
Voisine, tendons-nous les bras !
Par le plaisir chassons la peine,
Venez, belle Samaritaine,
Du haut en bas
Mourir doucement dans mes bras.

LA SAMARITAINE.

Air : *Bon voyage, cher Dumollet.*

Bon voyage, grand Châtelet ;
Modérez-mieux votre flamme indiscrète,
Bon voyage, cher Châtelet,
Pour la route gardez votre mollet.

Vous voulez encore me conter fleurettes,
Quand vous êtes déjà rasé tout net
Allez ailleurs chercher une coquette
Qui vous sache gré de votre couplet.

Bon voyage, grand Châtelet, etc.

LE CHATELET.

Air de la Pipe de tabac.

Oh ! comme vous faites la prude,
Lorsqu'on veut vous faire la cour ;
Mais pour un compliment si rude
Je n'userai point de retour.   *bis.*
On sait que, dans votre jeunesse,
Votre air était bien moins hargneux ;
Qu'en face du Bon-Dieu, sans cesse
Vous lui faisiez bien les doux yeux.

Maintenant que votre visage
Du temps atteste les débris,
De ce superbe et froid langage,
Ma foi, je ne suis point surpris.   *bis.*
Quand il est vieux, qu'amour le quitte,
Et qu'il ne peut plus rien tenter,
Le diable enfin se fait ermite,
Et vous cherchez à l'imiter.

LA SAMARITAINE.

AIR : *Ah ! monseigneur , ah ! monseigneur ,*
Tout est chez vous dans la rumeur.

Ah ! l'insolent, le médisant ,
Le polisson, l'impertinent !
Vous feriez mieux , sans autre but ,
De penser à votre salut;
Allez, pour moi, je ne veux rien
Que votre silence et le mien.

LE CHATELET.

AIR : *Oh! mon dieu , que je l'ai échappé belle.*
Oh ! mon dieu, que cette femme est cruelle,
On ne peut jamais rire et bambocher avec elle ,
Oh ! mon dieu, que cette femme est cruelle !
  Qu'on a bien raison
D'être avec elle sans façon.

LA SAMARITAINE.

Vous m'insultez , monsieur ! sachez
qu'une femme de mon espèce vaut bien ;
pour le moins, un nid à rats, un vieux

repaire de procureurs , pour ne pas dire ...

LE CHATELET.

Je vous entends et vous demande bien pardon de vous avoir manqué ; pour ces rats et ces gens de loi dont vous me parlez, je conviens qu'il est sorti du Petit-Châtelet, mon frère cadet, un rat dont l'énorme grosseur a épouvanté tout Paris ; le fait est trop connu, pour que j'ose en disconvenir ; mais quant aux procureurs, voici ma profession de foi à leur égard.

Air du Vaudeville des Visitandines.

En tout pays la loi suprême,
L'usage le plus usité
Est de commencer par soi-même
A pratiquer la charité ;

Mes procureurs, ces bons apôtres,
Grace à leur grimoire infernal,
De peur d'aller à l'hôpital,
Avaient soin d'y mener les autres.

LA SAMARITAINE.

Laissons-là les procureurs, voisin, dans l'état où nous sommes nous avons bien autres choses à penser, vous sur-tout qui, par votre silence, vous êtes rendu complice de tant d'iniquités com-mises dans votre domicile.

LE CHATELET.

Qu'entendez-vous par ces paroles ?

LA SAMARITAINE.

Ce que j'entends ! il ne me resterait pas assez de tems à vivre pour vous satis-faire ; je n'ai que celui de vous dire :

Air : Père Capucin.

Père Châtelet, allez à confesse,
Père Châtelet, vous n'êtes pas net ;
Faites vîte votre paquet,
Voilà le marteau qui paraît,
Ne me parlez plus de votre tendresse,
Père Châtelet, allez à confesse,
Père Châtelet, il faut être net.

LE CHATELET.

Fort bien, la belle *sermoneuse*, je vois bien qu'il m'est impossible d'obtenir de votre part la moindre bagatelle ; mais sachez qu'au lieu de contribuer à mon salut, votre froideur et votre résistance vont plutôt causer ma damnation éternelle ; aussi

Air : A voyager passant sa vie.

Ne me parlez point des bigotes
Qui, jamais ne sont avec nous ;
Les vierges qu'on dit si dévotes,
Dans l'autre monde ont leurs époux ;

Mais quels mérites sont les vôtres?
Vous ne connaissez point d'amis,
En enfer vous plongez les autres,
Pour mieux aller en paradis.

A peine messire Châtelet avait-il achevé de chanter, que de grands coups redoublés abattirent la poutre sur laquelle il se tenait encore debout, et qu'il l'entraîne dans la chute dont il ne put se relever, tandis que la Samaritaine faisait ses derniers adieux aux bons Parisiens.

Le lecteur, après s'être amusé avec notre pot-pourri, sera sans doute bien aise d'avoir quelques détails sur le Grand-Châtelet, qui est le principal auteur de ces doléances.

Le Grand-Châtelet était d'abord une forteresse que Jules-César fit construire lorsqu'il eut fait la conquête des Gaules;

il établit à Paris le Conseil souverain de ce pays ; qui devait s'assembler tous les ans, et le Proconsul, gouverneur général des Gaules, qui présidait à ce Conseil, demeurait à Paris.

On donna par la suite à ce bâtiment le nom de *Châtelet*, parce qu'il devint le siége de la justice royale ordinaire de la capitale du royaume, et que l'auditoire de cette juridiction fut établi dans une partie de l'ancienne forteresse.

L'antiquité de sa tour, le nom de la *chambre de César*, qui est demeuré par tradition à l'une des chambres de cette tour, l'ancien écriteau qui se voyait encore au commencement du dix-septième siècle, sur une pierre de marbre, au-dessus de l'ouverture d'un bureau, sous l'arcade de cette forteresse, contenant ces mots : *Tributum Cæsaris*, où l'on dit que se faisait la recette des tributs de tout le pays, confirment que non - seulement ce conquérant avait fait bâtir cette forteresse, mais même qu'il y avait fixé sa résidence.

Julien surnommé l'*Apostat*, étant nommé Proconsul des Gaules, vint s'établir à Paris, en 358. Ce Proconsul avait sous lui des Préfets dans les villes pour y rendre la justice.

Le Châtelet fut la demeure des comtes et ensuite des prévôts de Paris. Il fut érigé en présidial en 551.

Il y avait quatre sage - femmes attachées au Châtelet.

C'est au sujet de ces sage - femmes qu'on a fait le morceau suivant.

Air : *Femmes voulez-vous éprouver.*

Rien de plus rare au Châtelet
Que les veuves, les demoiselles ;
L'amour son seigneur banneret
N'y veut point souffrir de cruelles :
Telle est avec ses procureurs
La rivalité de ses dames,
Que, pour les fruits de leurs labeurs,
Il leur faut quatre sage-femmes.

DE L'IMPRIMERIE DE L. E. HERHAN.